衛斯理系列 少年版 13
異寶

上

作者：衛斯理

文字整理：耿啟文

繪畫：鄺志德

U0130383

衛斯理
親自演繹衛斯理

老少咸宜的新作

　　寫了幾十年的小説，從來沒想過讀者的年齡層，直到出版社提出可以有少年版，才猛然省起，讀者年齡不同，對文字的理解和接受能力，也有所不同，確然可以將少年作特定對象而寫作。然本人年邁力衰，且不是所長，就由出版社籌劃。經蘇惠良老總精心處理，少年版面世。讀畢，大是嘆服，豈止少年，直頭老少咸宜，舊文新生，妙不可言，樂為之序。

倪匡　2018.10.11　香港

主要登場角色

齊白

白素

衛斯理

陳長青

卓絲卡娃

第一章

三大
盜墓 專家

　　我大約在一年多前，曾經有一段關於 ✦**秦始皇陵墓**✦ 的經歷，難得最近有空，便整理思緒，準備寫成故事，剛想到書名就叫《活俑》之際，門鈴忽然響起了。

　　那時屋裏只有我一人，我走去開門，看見門外是一個滿面風塵、連鬍子似乎都沾着疲憊的人，一身粗布衣服，他翻眼看了我一眼，就直闖進屋裏來。

這個人毫不客氣，一進來便像個 **盜賊** 一樣，翻箱倒櫃地四處搜尋，還不斷問：「放在哪裏？你到底拿到了什麼寶貝？」

我看着他，心中又好氣又好笑，大聲喝着他：「喂，你把我這裏當成一座無主的 **古墓** 嗎？至少也等我死了才來盜墓啊！」

我這樣說，因為他就是世界三大 **盜墓** **專家** 之一，我的好朋友，齊白。

其餘兩大盜墓專家，一個曾經也是我的好朋友，單思，死在某國特務之手。另一個是埃及人「病毒」，「病毒」以九十六歲的高齡去世。所以，齊白這個怪人，可說是現今世上，**碩** **果** **僅** **存**、唯一的盜墓專家了。

他搜尋了一會，沒找到他想要的東西，便着急地問我：「那些寶貝放在哪裏？」

「你到底要找什麼？」我不耐煩地問。

他終於 開門見山 說：「你不是去過 秦始皇 的陵墓嗎？」

聽他這麼說，我大吃一驚，因為那段經歷我才剛剛想到書名，內容還沒寫出來，他是怎麼知道的？

齊白似乎也看出我心中的疑問，不等我開口，便神氣地說：「別忘記我是誰，世上所有關於盜墓的事，都瞞不了我！」

他是盜墓專家，對於古代的陵墓，有着一種瘋狂的熱情，那種熱情近乎變態。對

他來説，沒有什麼比秦始皇陵墓更吸引他了。

不過我立刻糾正他：「我那次不是盜墓，什麼都沒有拿走，況且我根本沒有深入到陵墓的內部。」

「**那過程到底是怎樣的？**」他問。

其實我看到齊白出現，也感到十分高興，因為他是盜墓專家，我可以和他暢談關於那超級古墓的經歷。

他聽我概略講述後，跺腳道：「怪不得！」

看這位偉大盜墓專家的反應，好像他也到過那裏，並且碰上了釘子一樣。我便低聲問：「你去過了？」

他點了點頭。我又問：「多久？」

齊白嘆了一聲，「説出來真丟人，足足一年。」

「**什麼也沒有得到？**」我笑着問，其實心裏早已有答案。

齊白瞪了我一眼，又低下頭去，慨嘆道：「我本來自

以為比地鼠還要機靈，地底下有什麼地方是我去不到的？而且，我還有 **第六感**，知道地下有什麼，這是我作為一個盜墓者的天生 **異能**。」

我很明白他的心情，身為世界第一盜墓專家，明知道那麼偉大的陵墓就在腳下，可是連 **入口** 都找不到，那種焦急、沮喪和挫折可想而知。

我勸道：「死心吧，那個入口已經被毀了，至於其他的出入口，我們根本 **無從得知**。」

齊白嘆了一口氣，「我在那邊一年，公布出來的陵墓面積是五十六平方公里，我幾乎踏遍了每一處，清楚知道腳底下埋藏着不知多少 **寶藏**，卻又 **無從下手**。」

他顯然曾用了各種方法，企圖進入 **地下宮殿**，我連忙安慰他：「你能活着回來，已經算 **神通廣大** 了。」

「你是指墓中有着無數陷阱？」齊白苦笑起來，「嘿嘿，我要是有機會遇上那些陷阱，也心甘情願。而事實上，我花了一年時間，也只在地面上轉來轉去，你以為我會有什麼危險？」

我有點替他難過，這個人，一生之中，不知進入過多少古墓。凡是略具規模的 **古墓**，都有防止外人侵入的陷阱，那些陷阱，自然難不倒齊白。可是這一次，他卻連碰到陷阱的機會也沒有，可謂其一生中最大的挫折。

「那也不能怪你，當年窮數十萬人之力建成的陵墓，你想憑一己的力量去破解，當然沒有可能。」

齊白抬起頭來，「你不懂，這不是鬥人多，也不是鬥

力，而是。這一年來，證明我的智力，及不上三千年前，建造陵墓的那些 設計家。」

我只好再安慰道：「由你來設計一座隱秘的陵墓，讓他們去找，也未必找得到。」

「你想説，把東西藏起來容易，要找出來，就難得多了？」齊白想了一想，大力搖着頭説：「不對。其他陵墓都難不倒我，偏偏這一個——真是 鬼斧神工！衛斯理，這座陵墓，不是地球人建造的，策劃整個工程的，一定是 外星人 ，一定是 ！」

我心裏覺得好笑，因為齊白為了讓自己好過些，居然扯到外星人頭上去，認為自己只是輸在外星人手裏。

但他立即**引經據典**說：「晉朝干寶所作的《搜神記》，卷六就有一則記載着——」

他講到這裏，我已明白他想說什麼了，所以我立時接了上去：「我知道，那記載是『秦始皇二十六年，有大人長五丈，足履六尺，皆夷狄服，凡十二人，見於臨洮⋯⋯』是不是？」

「**是啊，你知道。**」

我笑了笑，「這類記載，在中國的小說筆記中，不知道有多少，不能作準。」

齊白馬上叫了起來：「你怎麼啦，衛斯理，這記載雖然簡單，可是時間、地點、人數，還有這種異於常人的身材大小，他們的服飾，都記載得這麼詳細，還不能作準？而且，臨洮就是如今甘肅省岷縣，這地方，是秦代**築長城**西面的起點。」

我已經猜到他接下去要講什麼了，不禁駭然道：「你的想像力比我還豐富！」

「萬里長城是在太空中唯一可以用肉眼看到的建築物。」他要講的，果然和我所料一樣，他吸了一口氣再說：「它的真正功用，是作為外星太空船降落地球的指示標記，就如同今日飛機場跑道上的指示燈一樣。」

我看着他，聽他繼續發表偉論：「照這樣推測下去，整個地下宮殿，實則上是*外星人*在地球上的一個基地，後來不知道什麼原因，才變成了*秦始皇陵墓*。那十二個外星人不知來自什麼**星體**，但必定是能力超卓，科技發達。以古代的度量衡推算，他們的體型十分巨大，每一個都超過十公尺，而且他們的服飾，當時的人根本沒有見過，所以就只好籠統稱之為『夷狄服』。」

齊白對那則簡短的記載，還真有不少**獨特之見**，他又說：「這十二個高大的外星人一定見過秦始皇，而且還幫了秦始皇什麼忙，所以秦始皇替他們立像。*十二金人像*，就是這十二個外星人的像，可惜十二金人歷史上雖有記載，卻不知道到什麼地方去了，記載說由於金屬匱乏，要盡收天下兵刃來鑄這十二金人像，其巨大可想而知，這十二個金人像，恐怕也在陵墓裏面。」

我伸了一個懶腰，質疑道：「秦始皇若是有外星人幫助，他也不會那麼早就死了，一定會像他所想那樣，**長生不老**。」

齊白「嘿」的一聲說：「誰知道其中又出了什麼意外？照我推測，秦始皇想求長生不老的 **靈藥**，多半也是外星人指點的。可憐他以為 **蓬萊仙島** 是在地球上，據我看，所謂蓬萊仙島，是指另一個星球**！**」

第二章

探驪得珠

看到齊白說得興起，我也笑着附和：「是，有人說，《山海經》根本是一本 **宇宙航行誌**，當中記載的稀奇古怪地方和生物，全是浩渺 **宇宙** 中別的星體上的情景。」

齊白相當興奮，「對啊，不瞞你說，那一年功夫，我也不是 一無 **所獲** 的。」

我驚訝地望着他，不知道他這句話是什麼意思，剛才他還說一個入口處也找不到，那何來什麼收穫？

齊白隨即解釋：「在眾多的盜墓方法之中，有一種古老

的方法，源自中國的盜墓者，叫『 **探驪得珠法** 』。」

「 **怎麼做？** 」我好奇心大起。

「首先採用這個方法盜墓的，是中國四川一帶的盜墓者。據說，這種 **盜墓法** ，是由四川自流井一帶， **鑿鹽井** 的技術演化而來。四川的鹽井開鑿技師，可以用特殊的工具，深入地下好幾百公尺，將需要的鹽汁吸取上來。」

我有點 **駭然** ，「你的意思是，那種方法不必走入墓穴，只用特殊工具，就能把墓中的東西取出來 **？** 」

齊白神情有點自傲，「正是如此。」

我呆了半晌，然後追問：「那你用這種特殊的盜墓法，取得了什麼？」

齊白不慌不忙地講述：「這種方法之所以有這樣的名稱，是由於它專門用來盜取死人口中所含的那顆 **珍珠** 。 **$大富$之家** 有人死了，必定找一顆又大又好的珍珠，

含在口裏，據說可以維持屍體不敗，也可以令死者的靈魂得

到**安息**。」

「精於此法的盜墓者，算準了方位探下去，能夠一下子

就把整個墓中最值錢的那顆珍珠取出來，堪稱**神乎其技**，

神不知鬼不覺。這是盜墓法中最高級的技巧，我當年向一位

老盜墓人學這門功夫，不知花了多少心血才學成功。」

我沒耐性聽他**自吹自擂**，催促道：「說重點吧！」

但他依然慢條斯理地說：「自然，這個方法，怕遇到棺

木之外有廓，如果是**石廓**，也還有辦法，不過要花十倍

以上時間，才能將石廓弄穿。但如果是銅廓，那就一點辦法

也沒有了，你明白嗎**？**」

我只是定定地望着他，看他還能說多久。

他繼續說：「現在你應該明白探驪得珠法的整個過程，

首先鑿一個洞孔，把特殊的工具伸進去，將所要的東西取出

來，就是這麼簡單。那是古老的傳統方法，如果用**現代科技**改進一下的話——」

我聽到這裏，立即叫了出來：「等等，你是説，利用**微型攝像鏡頭** ，加配細小的 **閃光燈**，就算墓穴中漆黑一片，也可以拍下內裏的情形？」

「你真聰明。」他笑了。

「你簡直是盜墓天才。」我們互送高帽子。

但他嘆氣道：「但過程也不太順利。我原以為，這麼大的陵墓，幾乎隨便找一個地方，用探驪得珠法，總可以

找點東西出來。可是，我在陵墓所在的範圍內，到處鑽穴，

有時淺，有時深，可是都未能打通。我估計，不是遇到了十

分堅硬的石層，就是有 **金 屬 防 護 罩** 擋着。

「試了幾十個地點之後，我真是懊喪極了，要知道，

打一個穴，至少得三天時間，而且工作十分艱苦。我告訴自

己，再試三次，若是不行，那就作罷，另外再想辦法。真是

皇天不負有心人，試到第二次，在十公尺之後，我感

到已經鑿通了！」

齊白此刻仍難掩興奮的心情，雀躍地說下去：「我連忙

把攝像鏡頭放了下去，拍下了這些片段。」

他掏出手機，向我播放當時拍到的片段。

我凝神細看，只見影片相當模糊，那是受環境和器材所

限，細小的 **發光裝置**，無法照亮偌大的黑暗空間。

我一邊看一邊問：「好像是一間地下室……牆壁上有着

裝飾，看來……像是書架？」

我把影片定格，抬頭望向齊白，他答道：「我只敢説是一種架子，而架子上好像有什麼東西，但看不清楚。」

我們又繼續播放影片，○鏡頭一直往下探，看見房間的正中，有一張看來像是八角形的桌子，桌上隱約放着一些東西，體積相當小，也看不清是什麼玩意兒。

看完影片後，我説：「毫無疑問，這是一個墓室，但看起來一點也不富麗堂皇，應該不是地下陵墓的主要部分。」

齊白皺着眉，看來不同意我的意見，只説：「那桌子上有點東西，我仔細數過，一共有七件，體積不大，正適合用探驪取珠法盜出來。當時我便收起了攝像鏡頭，開始利用特製的工具去抓取桌上的那些東西。」

「**成功了？**」我着急地問。

「一連幾次，我都感到，深入墓穴的一端，已經抓到了什麼，可是卻無法取上來。因為抓到的東西，重得*出乎意料*，體積雖小，卻因為過重，每次都跌落下去。」

我靜靜地聽他講着，反覆重看影片，

那八角形桌面上的東西，形狀很不規則，看來有點像乾了的果子，但齊白説它們如此重，那可能是 **金屬** 鑄成的。

齊白繼續説：「試了幾次都不成功，我又把 **攝像鏡頭** 放下去，發現桌面上的東西只剩一件，其餘的，已不知跌到什麼地方去了。那時我真是又急又失望，要是這一次再不成功，我就沒有希望了。我真怪自己帶的工具太少──」

聽到這裏，我實在忍不住揭穿他：「你終於將最後一件東西取上來了，何必**故佈疑陣**！」

齊白笑了起來，「我不是故佈疑陣，而是想你知道，世界上只有我一個人有這等技巧，能將那麼重的一件東西，用探驪得珠法取上來。這需要靈敏的手指、鎮靜的頭腦和無比的耐心。」

我鼓了幾下掌，「**厲害**。」

齊白自口袋裏摸出一個絨布盒子，放在几上，「我取上來的，就是這個東西，我不知道它是什麼，所以來聽你的意見。」

這傢伙，一直到現在，才算是說到了正題。我取起那普通放首飾用的小 **盒子**，打開來，一看之下，不禁呆了一呆。

盒子裏的那東西，約有一枚**栗子**大小，形狀完全不規則，相當重，有着金屬的**青白色閃光**，看起來像是不銹鋼。它是一個**多面體**，一時之間也數不清有多少面，形狀有如黃銅礦礦石。

可是這塊東西卻絕非**天然礦石結晶**，一看就知是**精細工藝**所鑄造。它的每個表面，大約是三平方厘米左右，形狀不一，有正方形、長方形、三角形，甚至六角形和八角形都有。在那些小平面上，有着極細極細的刻痕。

「如果我不告訴你，你能看出這東西是從哪裏來的嗎？」齊白忽然問。

我答道：「這樣**無以名之**的一件金屬製品，我怎麼猜也猜不到它是來自一個**古墓**。」

　　齊白點着頭，「而且，你看。」他說着將那塊東西移向茶几底下。

　　忽然之間，那東西居然直飛向茶几腳，「啪」的一聲貼了上去，當場嚇了我一跳！

第三章

具 磁力 的 異寶

我定神一看，便知道自己**虛驚**一場，因為茶几腳是金屬造的，齊白從陵墓取得的那塊東西，並不是自己會飛，只是帶有磁力而已。

齊白要費相當大的力道，才能把那東西拉下來，然後遞給我，煞有介事地說：「我將它放在口袋中，結果一隻掛表染磁了，不再行走。你說這東西是什麼？」

我接過那東西，**直截了當** 地回答：「很簡單，就是一塊 磁鐵 。」

他不同意，搖搖頭說：「沒那麼簡單，這可能是 外星人 留下來的，說不定是什麼儀器中的一個零件。」

這樣憑空猜想也沒有用，我建議道：「何不交給化驗室去化驗一下？」

齊白緊張地把東西拿回來說：「不行！這東西可能是我一生從事盜墓所得到最尊貴的寶物，化驗會弄壞它！」

「也對，萬一驗出來只是一塊普通金屬，就連 幻想 的餘地也沒有了。」我故意用 激將法 刺激他。

「哼，如果查下來，只是一塊奇形怪狀的金屬，我也可以將它鑲成一隻鑰匙扣。」齊白昂首，神氣地說：「來自 ✦**秦始皇陵墓**✦，不知用途的怪東西，作為世界第一盜墓人身上的小飾物，倒很配合我的身分！」

「簡直是 **天作之合**。」我笑道。

我們再看一遍影片，細看那房間四壁的「架子」，似乎放著不少東西，卻看不清楚是什麼。

我猜想道：「這可能是放置小雜物的房間，收藏着當時的小玩意。磁鐵有吸力，古人不明其理，自然覺得有趣，便收藏起來了。」

齊白側着頭，在想着我的話，狐疑道：「但關於那十二個巨人的記載──」

「你依然認為，**秦始皇陵墓其實是外星人建造的龐大基地？**」

「你能否定這個可能嗎？」他語氣帶點挑戰的意味。

經歷過不少外星人事件的我，自然不敢妄下定論。

齊白見我**無話**可說，得意起來，將那東西向上一拋，又接在手中，笑道：「人人都説秦始皇陵墓有無數奇珍異寶，我總算弄到了一件。」

我也**煞有介事**起來，嚴肅地説：「其實像這樣的異寶，我也收藏了一些。」

「真的嗎？在哪裏？」齊白驚喜萬分。

我向廚房指了一指，「在冰箱那邊。」

當他興奮莫名地衝過去「尋寶」的時候，我實在忍不住大笑起來。

只見他沉着臉走回來，罵道：「你是指冰箱門上的磁石貼嗎？」

我大笑着說：「你隨便拿一件垃圾，穿越到古代，那時的人都會看成是異寶，但對我們來說只是再平常不過的東西。」

他怒道：「可是『*穿越*』本身就絕不平常了！」

我看他臉容似乎真的生氣了，便不再取笑他，還哄他說：「你說得有道理，若是你要開始研究，我會盡力幫助你的。」

沒想到他好像早有預謀，老實不客氣地說：「準備你的客房，我要住在你這裏，隨時和你討論。具體的工作，讓我

去進行，不會打擾你。」

我有點哭笑不得，但也由衷地說：「好吧。」

齊白為人有趣，知識廣博，能夠經常和他見面，自然是有趣的事，更何況他還「身懷異寶」呢。

我把自己的意思說了出來，齊白哈哈大笑，我和他一起到了樓上，指了指客房的門，他打開門，轉過身來說：「我只是在你這裏住，一切起居飲食，我自己會處理，不必為我操心。」

我笑道：「明白，就當你不存在一樣。」

齊白笑了笑，「砰」的一聲關上了門。

我也進了書房，靜靜地看書。那天白素一早就出去了，等到她回來時，齊白還在客房中。

白素到了書房門口，問我：「來了客人？」

　　我點頭道：「是，齊白，那個盜墓天才，在客房休息。他假設萬里長城有指導**外星飛船**　　降落的用途，也假設秦始皇那巨大的　**地下陵墓**　，本來是外星人建造的　**基地**　。」

　　白素忍不住笑，興致勃勃地走進來，聽我將齊白的事簡略地說了一遍。

然後我説：「等他現身時，你可以看看他那件異寶，給點意見。」

「他在客房裏多久了？」白素問。

我們都**不約而同**望向牆上的鐘，卻發現鐘停了。

「得換電池了。」我站起來，去找新電池。

但白素忽然叫了出來：「不！不是沒電！剛才我回來時，看到客廳裏的鐘停了，我也以為是沒電，但不可能這樣巧合，因為兩個鐘都停在同一個時間上。」

「什麼？客廳的鐘也停了？」我怔了一怔，緊張起來，立刻打開電腦，我的電腦裏有兩個舊 硬碟 作備份之用，但此刻卻無法讀取資料，壞掉了。

我泄氣道：「真的壞掉了。齊白說過，他那件 ✦異寶✦ 磁性極強，弄壞了他一隻掛表。如今我家裏的鐘，還有電腦硬碟都壞了，只怕全是那東西的 磁性 在作怪。」

白素很訝然：「要是磁性強到這種程度，那顯然不是天然的 磁鐵 了。」

她的話才出口，門口就傳來齊白的聲音：「誰說是 礦 ？這是精工鑄造出來的。」

　　看來齊白剛洗了一個澡，精神好了許多，一面説着，一面走進來，把他的「異寶」交到白素手上。

　　白素翻來覆去，看了半晌，又還了給他，「看不懂這是什麼，看來得借助科學化驗。但既然能夠破壞屋裏的鐘和硬碟，它必定是經過強磁處理，天然的磁鐵決不會有這樣強的磁性。」

我緊張地擋住齊白，「幫幫忙，我書房裏的 **精密** **儀器** 不少，我不想它們全失效，快收起你的異寶吧。」

但齊白故意舞動着那東西說：「衛斯理，你相信這是異寶了？不是垃圾？」

「相信！相信！」 我只求他快快離開我的書房。

齊白又問：「既然是寶物，你們會不會跟別人說？」

「不會！當然不會！」我答得非常爽快。

齊白滿意了，「好，我和幾個 **物理學家** 相熟，我這就去找他們，讓他

們檢驗一下。但我不會告訴他們這東西的來歷。」

齊白笑了笑，便握着那東西走了。

我和白素開始檢查書房中各種各樣的**儀器**，發現凡是和**磁**、**電**有關的，都受了影響。

白素皺着眉，「這東西的磁性之強，**異乎尋常**。」

齊白出門後，我原本估計他黃昏前便會回來，可是等到天色漸黑，他還沒有出現，甚至過了一天也不見蹤影，連電話也接不通。

但我並不擔心他，因為 **來去無蹤** 是他一貫的風格。我反而有點氣不過，於是直接聯絡了幾位本地最著名的物理學家，看看齊白是否拜訪過他們。當中有三位果然曾一起見過齊白，我便邀請他們來我家詳談。

三位博士一來到，我便試探地問：「齊白去拜訪你們，是為了什麼？」

他們一同笑道：「這個人，真是一個妙人，帶了一件東西來——」

他們說到這裏，我已*迫不及待*追問：「那東西到底是什麼？」

第四章

　　那三個物理學家互相看了一眼，然後最年輕的一個開口說：「他帶來了一塊磁性極強的合金，那是鐵、鎳和鈷的合金，這三種金屬，都最容易受磁，那塊合金的磁場強度極高，顯然經過強化磁性處理。」

　　「以三位看來，**那究竟是什麼東西呢？**」我問。

　　三位博士笑了笑，另一個接着說：「昨天齊白也這樣問我們，但我們的回答，卻令他十分惱怒。」

　　我揚了揚眉，「三位的回答是——」

　　三人互望了一眼，其中一個說：「我告訴他，那是一種惡作劇小玩意，用強大的磁力來影響**時鐘** 和**手表** 運轉，或者***出其不意***地吸住別人的金屬物品。」

　　我苦笑了一下，齊白一本正經去求答案，卻得到了這樣的回答，這才是真正的惡作劇呢，難怪他大怒了。

　　「如果排除了這個用途呢？」我嘗試幫齊白尋找答案。

　　三人當中，最年長的那個，十分 **沉默寡言** ，一直到現在才開口：「自然，也有可能，這塊不規則形狀的 **合金** ，和另外一些也具有 **極強** **磁力** 的組件，配合來使用。」

　　他講到這裏，我便 **靈光一閃** 說：「你的意思是，它可能是開啟什麼裝置的 **磁性鑰匙** ？譬如說，它能開啟一個磁鎖，而這磁鎖可以是門鎖，也可以是一座超級電腦的開關，按此推論，它可以是任何東西的操作之鑰。」

那位博士尷尬地說：「這樣說得有點誇張了，雖然理論上是如此，但據我所知，沒有這樣強力的磁鎖，一般磁鎖只要引起磁力感應就可以了，不必——」

此時最年輕那位博士插嘴說：「將磁力加強到這個強度，只有一個可能！」

「是什麼？」我 翹首以待 他的答案。

「那就是——惡作劇！」他說完，大家都轟笑起來。

我一時間無言以對。

　　難得三位博士來作客，我趁機向他們請教了不少磁力和電力的專門問題，同時也問他們，齊白那件東西，會不會是來自太空的一塊 **隕石**。但他們都一致認為那塊合金是人工合成的，而且是非常精密的 **工業製品**。

　　我們談得興致很高，等到送他們出門後，兩個年輕的博士先走，反而那位沉默的，卻站在門口，想和我多聊幾句，他說：「我們對那塊合金所作的檢查，其實相當初步，不過也發現了一個 **奇特** 的現象。那合金有着許多不規則的表面，一共是七十二個不同形狀的表面，全都經過 **電磁感應** 處理，就像硬碟裏的磁片。」

　　「齊白知道嗎？」我連忙問。

　　他點頭道：「知道，當我告訴他時，他興奮到不得了，還要求我們把磁場轉換成 **信號**，就像讀取磁片資料

一樣。但我們哪裏會有這樣的裝置，去將一塊不規則形狀的合金，當成資料儲存工具來讀取？」

我沒有再說下去，同時也知道齊白到哪裏去了，他自然是去了找更先進的儀器。

這位博士和我道別後，我坐在沙發上，思考着齊白的設想：在公元前221年（秦始皇二十六年），在臨洮出現的那十二個巨人，真是來自外星⚫️？而齊白當作是異寶的那塊合金，就是和這十二個外星人有關❓

當晚，我和白素討論了許久，依然不得要領。但既然齊白已帶着那東西去作進一步研究，只要有結果，他自然會回來告訴我的。我和白素只好耐心等待。

一連將近二十天，都沒有齊白的消息，想來他一定是還未找到適合的儀器，去讀取那東西身上的信息。

那一天晚上，我有事出去，回來的時候，已經**午夜**。

在我快來到家門口的時候，有兩個人自街角匆匆走了過來，顯然是在等我。

他們都是十分精悍的中年人，有禮地向我打了一個招呼，其中一個說：「衛先生，能不能抽一點空，見一位十分想和你見面的人？」

請求如此客氣，令人難以拒絕，可是我不知道這兩個人是什麼來歷，也不能輕易答應，於是說：「**那要看，想見我的是什麼人。**」

他們互望了一眼，其中一個伸手入袋，使我略為戒備了一下，但是他取出來的，卻是一張名片，還*恭恭敬敬*地交到我手裏。我一看，不禁呆了一呆。

名片上的銜頭極簡單：「俄羅斯科學院高級院士」，名字是「**卓絲卡娃**」。

　　我實在沒有法子不驚訝，一個俄羅斯科學院的高級院士，來找我幹嗎❓要知道，俄羅斯科學院院士的銜頭，已足以證明這個人是一個了不起的*科學家*；而高級院士，自然更了不起。這個名字看來是一位**女性**，她來找我有什麼事呢？

　　我十分疑惑地望着那兩個人，他們的態度依舊十分恭敬，在等着我的答覆。

　　我想了一想，説：「能不能請卓絲卡娃院士到舍下來❓明天❓」

　　那兩人忙道：「如果衛先生方便的話，院士十分鐘就可以來到府上。」

　　我心想，真奇怪，這位院士不但有事來找我，而且看來還是急事，連等到明天都等不及。我也好奇心大發了，便點頭道：「好，我恭候她大駕。」

那兩個人見我答應了，便 **歡天喜地** 的轉身而去。

我進了家門，叫了兩聲，白素可能還沒有回來。

那位院士來得很快，我猜她一定早已在街角等着，我才坐下一會，**門鈴聲** 便響起，我打開門，看到一個身形相當高大的 **中年婦女** 站在門口，一見我，就用十分流利的英語説：「衛先生，對不起，打擾你了，我就是卓絲卡娃，想見你的人。」

我説了幾句客套話，請她進來，一面打量着她。她大約五十來歲左右，**灰白色** 的短髮，身形高大，衣著一點也不講究，單看背影的話，很難分辨是男是女。

她相貌普通，卻有一種異樣自信的神情，大概是由於她有着深湛的學識，令人 **肅然 起敬**。

她坐了下來後，便説：「我的拜訪太唐突了，但我實在想通過衛先生，尋找一個人，這個人對我極重要。」

她說話的語氣，在客氣中帶有威嚴，有一股叫人不能拒絕的氣概。

我略欠了一下身子，「不知你想找什麼人？」

她挺了挺身，說：「這個人的身分，我們一直沒有弄清楚，只知道他持有南美秘魯的護照，但他顯然是**亞洲人**，他的名字是齊白。」

第五章

通古斯大爆炸的啟示

　　我一聽到卓絲卡娃要找的是齊白，又是意外，又是**詫異**。齊白是一個盜墓人，他若是和俄羅斯國家博物館扯上關係，那還說得過去；但和俄羅斯科學院，卻有點**風馬牛不相及**了。

　　我攤了攤手說：「這個人，要找他實在太難，事實上，我也在等候他的消息，我在大約三個星期之前見過他。」

卓絲卡娃的神情很嚴肅，「你真的不知道他在什麼地方❓」

我搖搖頭，「不知道，看來你要循別的途徑去找他了。」

她的神情十分焦急，「我們只能在你這裏找他，這是唯一的線索，我們和他談話的紀錄中，他只提及過你的名字。」

我聽了，心中一動，「你們和他談話？那是什麼時候？」

「**十天之前。**」

我吸了一口氣，齊白到**俄羅斯** 去了，這個人也真怪，為了研究那塊「異寶」，不去美國德國英國法國，卻偏偏跑到俄羅斯去。

但卓絲卡娃的話解開了我的疑惑，她說：「即使是我們的副院長，以前雖然曾和他打過交道，但也不是很清楚他的為人，他這次來找我們，是……是……」

她猶豫着是否該告訴我，而我根本不必她講，也知道齊白是去幹什麼。他和俄羅斯科學院的副院長原來是認識的，怪不得會帶着 **異寶** 去求助了。

在卓絲卡娃遲疑間，我已接了上去說：「他帶了一件東西，去請你們研究，是不是？」

她的神情有點古怪，「將那東西交給科學院研究，簡直是一種侮辱。那只不過是一塊經過**強化 磁** 處理的合金，根本不值得研究。」

看她一副**欲蓋彌彰**的模樣，我忍不住笑道：「如果那東西真是不值一顧的話，那麼齊白這個人也不值得尋找了。」

她一聽我這樣説，怔了一怔，現出相當**尷尬**的神情來，我又笑了一下，「看來你的確是來自科學院，而非戲劇學院，否則戲不會演得這麼**拙劣**。」

她似乎感到尊嚴受辱，立時強調：「我是**輻射能**專家，也是**磁能**專家，請不要將科學家和演員混為一談！」

聽她講到這裏，我忽然想起她是什麼人了！卓絲卡娃，是俄羅斯的傑出**女科學家**，曾經研究十九世紀西伯利亞通古斯大爆炸。**通古斯大爆炸**，是近兩百年來發生在地球上**最神秘**的事件之一，在**荒無人煙**的西伯利亞地區，突然產生了驚天動地的大爆炸，爆炸威力在幾百里

外都感覺到。事後的調查延續了超過一個世紀，卻無定論。但有一派學者認為那次大爆炸，是一艘巨型 **太空船** 失事所引起的。

因為在調查的過程中，有不少人在爆炸之前，看見巨大的 **發光體**，以極高速度掠過天際，甚至遠在蒙古地區的商隊，也看到這樣的飛行體。

近二十年來，持此說法有幾個 **科學家**，這位卓絲卡娃就是其中之一。剛才看到她的名片時，我竟然一下子沒有想起來，真是失敬之至。

我立刻恭敬地說：「卓絲卡娃院士，原來是你，真對不起，我一直沒有想起你就是那位傑出的科學家，你對通古斯大爆炸的研究，真是徹底之極。」

聽了我對她的讚揚，她並沒有什麼特別的反應，只說：「研究無法徹底，因為那次大爆炸的 **破壞力** 實在太大，

我們一直試圖在現場搜索，希望發現一些 *飛船殘骸* 作為佐證。可是爆炸威力太猛烈，所產生的熱度，足以令任何 **金屬** 化為 **氣** 體，使我們一直沒有收穫。」

我們接下來，對那次大爆炸足足討論了半小時，幾乎把原來的話題都忘記了。

等到討論通古斯大爆炸告一段落，我才問：「院士閣下，齊白帶來請你們研究的東西，是不是有 **古怪** 之處？如果可能的話，請你老實告訴我。」

卓絲卡娃沉吟了一下，「初看那塊 **合金** 時，我覺得研究這種普通的東西，對科學院院士來說，是一種侮辱。但是作了初步的

磁場強度測試後，我就改觀了。那塊合金一共有**七十二個**形狀不同的平面，每一個平面都蘊藏着極強的 **磁能** ，而磁能強度之高，超越了地球上所有測量儀器的極限。

聽到這裏，我開始明白她的意思，不禁深深吸了一口氣，「你是説，地球上沒有一種設備，可以知道那塊合金的磁能是多少？」

她點了點頭，而從她的眼神，我便猜到她的結論：「所以你認為，那塊合金的磁化處理過程，不是在地球上進行的？」

「**是的！**」她堅定地説：「和我們在西伯利亞想尋

找的那艘宇宙飛船一樣，我認為那塊合金是外星人帶到地球來的，但究竟有什麼用途，就不得而知了。」

「如果是破壞用途呢**？**」我問。

她的神情極其嚴肅，「後果難以想像。即使遠在太陽上發生的**磁暴**，也可以影響到地球上的無線電通訊；磁暴形成的巨型**太陽黑子**，甚至能影響人的思想，而人的行為由思想控制——」

我不禁叫了出來：「這太誇張了吧。」

她**無可奈何**地笑道：「不是誇張，從理論上來說是這樣。當然，要發揮如此強大的磁能，需要有極其複雜的裝置。」

這時我立即想到：能將那塊合金不可思議的力量發揮出來的裝置，是不是也在秦始皇的陵墓中？

卓絲卡娃繼續說：「那塊合金本身並不可怕，可怕的

是，如果有了適當的裝置，把它所蘊藏的磁場能量釋放出來，那就**不堪**設想了。」

「齊白有沒有告訴你們這塊合金的來歷？」我試探地問。

她有點**悵然**，「我們副院長……不知有些什麼**把柄**抓在齊白手上，對他的話，不敢不聽。當我帶着那塊合金，向副院長報告時，齊白剛好就在副院長的辦公室。齊白聽了我的報告後，便雀躍地跳了起來，叫嚷道：『異寶！我早知道這東西是一件**無可比擬**的異寶！』」

「他一面叫着，一面把那塊合金搶了過去，緊緊握在手裏。我又説出自己的看法，他在一旁用心聽着，不斷地提出一些問題，當我説到，還需要進一步研究的時候，他就叫起來：『不必了！進一步研究，不是你們的事，是**我**和**衛斯理**的事！』」

第六章

一塊活的金屬

　　那是卓絲卡娃從齊白口中，第一次聽到我的名字，她憶述道：「當時，我就問：『衛斯理是誰？是哪一個國家的磁學專家？』齊白哈哈大笑起來，提及了一些你的為人，突然，他向副院長説了一聲『再見』，就衝出了辦公室。

　　「我向副院長提出，必須找到**齊白**，至少要把那塊合金留下來作進一步研究，可是副院長總是**推三阻四**，一直到我把事情反映到院長那裏，才批准我追查齊白和那塊合金的下落。

「經過調查，原來齊白當天就離開了**莫斯科**，我們只知道他搭乘的飛機，第一站是芬蘭的**赫爾辛基**，從此他就 **下落 不明** 了，所以，我只好來麻煩你。」

卓絲卡娃將 **來龍去脈** 解釋得相當清楚而坦白，我隨即問：「你找到齊白後，會做什麼？」

「自然要問他那塊合金的來歷，還要請他把合金給我們作進一步的研究。」

我搖了搖頭，「恐怕沒用，就算找到了他，他也不肯說，更不會把他的 ♥**肝寶貝** 交給你們。」

卓絲卡娃嘆了一聲，「我們不知道那塊合金從哪裏來，也不知道它本身是單獨存在，還是有其他可以發揮它力量的

裝置。這種裝置可能十分複雜而龐大，但亦有可能非常小巧，我們無從估計。如果那裝置既小巧，操作又簡易的話，那麼，齊白等於掌握了無比巨大的力量，一彈指就能造成驚人的 **破壞**。」

我感到了一股 *寒意*，但很快又覺得自己有點 **杞人憂天**，既然那合金是在 ✦**秦始皇陵墓**✦ 中取出來的，那麼即使真有卓絲卡娃所講的裝置，自然也在秦始皇陵內。齊白在那邊花了足足一年的功夫，所有能取出來的東西，早就已經取出來了。但結果是，他只能取出那塊合金。

因此我樂觀地說：「這倒不必擔心，我想，就算真有這種裝置在地球上，他也弄不到手。」

「**為什麼？**」她大惑不解。

「因為那塊合金，是來自──」我遲疑了一下，考慮着是否該告訴她。

可是這時候，一把聲音突然自樓梯傳下來，呼喝道：「衛斯理，你答應過我什麼都不說的！」

那是齊白的聲音！

我抬頭一看，齊白已現身出來，樣子很輕鬆，還輕浮地跨上樓梯的扶手，直滑下來！

他向卓絲卡娃揚手打招呼：「院士你好，無論如何，

我十分感謝你的研究工作。」

　　卓絲卡娃緊張地站起來，我開口道：「齊白，她是這方面的**專家**，交給她研究的話——」

　　我還沒說完，齊白已**哈哈大笑**起來，「你太天真了，交給她去研究，讓她為國防部研製**磁能武器**嗎？」

　　卓絲卡娃臉色很難看，慌忙說：「我保證不會！」

　　「誰相信你們的保證？」齊白**斬釘截鐵**地說。

　　卓絲卡娃很憤怒，但沉着氣說：「齊白先生，如果用金錢——」

　　齊白笑得更厲害了，「**金錢**？哈哈，如果你知道我在**瑞士銀行**存款的數字，恐怕你會昏過去。」

　　卓絲卡娃無計可施，望向我。但同時，齊白亦向我作了一個手勢，示意我趕快把她打發離去。

雖然我十分尊重卓絲卡娃，但齊白畢竟是我多年好友，我**無可奈何**地苦笑道：「院士閣下，我也沒有辦法，那塊合金不屬於我，是他的。」

齊白雙手伸開，**跳了幾下**，「東西不在我身上，我已放在一處最**妥當**的地方，不論你們用什麼方法，也找不到。」

卓絲卡娃悶哼了一聲，便轉身離開，臨走時警告我們：「對於那塊合金，我們所知實在太少，單憑你們的力量去研究它，不會有任何成果，反而會造成**不堪設想**的災難！」

她這番話說得倒是十分誠懇，她**嘆了一聲**，便帶着既憤怒又失望的心情離開。

我立即**質問**齊白：「我這裏什麼時候變成古墓了，你要來就來，要走就走，甚至不從大門進出**？**」

齊白高舉雙手，「冤枉，我是從門口進來的，然後在樓上客房休息，被聲音吵醒，就看到你在招待她。」

齊白坐了下來，我看到客廳的鐘  運行正常，十分訝異，「那塊合金真的不在你身邊？你怎捨得離開它？」

齊白**狡猾**一笑，一翻手就取出那塊合金，還將它貼到茶几的 金屬腳 去，可是一放手，合金竟掉了下來。

我呆了一呆，「你做了一個 仿製品 ？」

齊白搖搖頭，我**大惑不解**。只見他把那塊合金托在手中，雙眼一眨也不眨地盯着它，大約五分鐘後，他長長吁了一口氣，把那塊合金遞給我，指了指茶几腳說：「再試試。」

我抱着一種甘心做傻瓜的心情，又把那塊合金貼向茶几腳，誰知在我的手離茶几腳還有十公分時，「**啪**」的一聲，一股 **吸力** 將那塊合金吸到金屬造的茶几腳上。我真的呆住了。

我要用相當大的氣力，才能將那塊合金取下來，而時鐘上的 **秒針** 也僵住並發抖。

齊白伸手拿回那塊合金，緊握在手中，像呵護着什麼小動物似的。過了一會，才放開手來，把那塊合金貼向茶几腳，這次它又變得一點磁力也沒有了。

我「**啊**」地驚呼了一聲。同一塊 **合金**，為什麼一下有磁性，一下沒有磁性？而且齊白沒有使用什麼工具，只是把它握在手裏而已。

齊白 **沾沾自喜** 地説：「奇妙吧？太奇妙了，是不是？我早説過，這是一件異寶，**它甚至是活的！**」

聽到他這樣説，我真是駭然到極，這明明是一塊合金，怎麼可以用「活的」去形容？

我知道，有一些合金，被稱為 **「有記憶的」**，在不同的溫度下，有着不同的形狀，但無論如何也不能被稱為「活的」。

一定是我的反應十分驚駭，所以齊白不斷地向我強調：**「它是活的！」**

他不斷地説着，我就不住地搖頭，否定他的説法。

齊白在説了十多次之後，才改了口：「至少，它知道我

想什麼，而且，會接受我的想法，照我的想法去做，聽我的話，這樣你還能説它不是活的嗎？」

齊白不解釋還好，一解釋，我的驚訝程度沒有最高，只有更高，甚至一開口就口吃：「**你⋯⋯在說什麼？你⋯⋯再說一遍。**」

齊白又説了一遍，我深深吸了一口氣，「你是説，這合金忽然有磁性，忽然沒有，全是你叫它做的？」

第七章

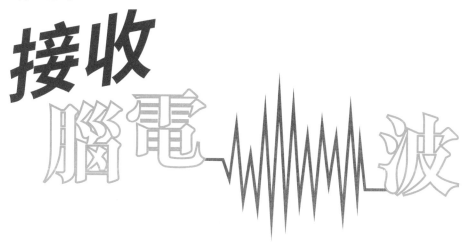

接收腦電波

　　齊白微笑着點頭。我心裏有許多疑問，首先問他：「你是怎樣發現它會聽你的話？」

　　齊白述説：「我離開副院長的辦公室後，知道**俄羅斯人**▆一定不肯放過我，所以急急離開，直赴**機場**✈，心中焦急萬分，因為異寶能發出強磁力，要利用儀器跟蹤我，十分容易。當時我腦筋都僵住了，只懂得想着：寶貝啊寶貝，你沒有磁力就好了，人家就不會那麼容易發現你。

「一直到了機場，機票現成，在登機前，自然要接受檢查，檢查人員發現了它，問我：『這是什麼東西❓』我答：『是一塊 磁鐵，給小孩子玩的。』檢查人員聽說是磁鐵，就自然而然，拿些金屬去試一下，可是它一點磁性也沒有，連一個 別針 都吸不起來。檢查人員以為我故意開他玩笑，狠狠瞪了我一眼，將它扔回來給我。」

　　事情太奇妙了，我聽得入神，齊白也**愈說愈興奮**：「當時我有了強烈的感覺：它知道我在想什麼，所以把磁力藏了起來！為了證實這個猜想，我立刻躲進了廁所，專注地想着：『**請你恢復磁力。**』我一面想，一面測試着它是否恢復了磁力，約十分鐘後，它果然知道我的想法，磁力又恢復過來了！而且，我想得愈久，磁力就愈強！」

　　我怔怔地聽着，如果不是剛才親眼看到的話，我根本不會相信。

　　齊白揮着手，「那真是太奇妙了，我又試了一次，令它的磁力消失。登機後，我怕它會干擾飛機的**儀器**，所以不敢再亂試。直至在赫爾辛

基轉了機，回到此地時，我本來想馬上找你的，但又怕到時法寶失靈，給你訕笑，所以先找了一處僻靜地，勤學苦練。」

「那麼你練成怎麼樣了？可以令它飛到千里之外，取人首級嗎？」我忍不住打趣問。

但齊白笑都不笑一下，反倒嘆了一口氣，「我相信它應該有各種各樣的功能，但是我卻做不到，我現在可以做到的，就只有令它的磁力消失或恢復，並控制磁力的強度。」

我忽然想起卓絲卡娃的忠告，立刻緊張地說：「剛才卓絲卡娃說過，這合金的 **磁能** 之高，要是全部發揮出來的話——」

齊白搖頭，「我遠遠未到達這地步，我只能令它的磁力提高到某個程度。不過，我還能令它 **發光**。」

「**什麼？**」我失聲道。

「這幾天，我一直面對着它，動着各種各樣的古怪念頭去測試它，例如想令它飛起來，或是移動一下，甚至改變形狀，但都不成功。」

「但當你想它發光，它就聽話了？」

齊白點頭，「是，雖然很微弱，但它真會發光，不信你可以試一下。」

我又是 **疑惑**，又是 **驚駭**，連忙拉上所有窗簾，關掉所有的燈。齊白便像個 **催眠師** 一樣說：「我現在

89

開始 **全神貫注** 👁 地想，要它發光，但別性急，這可能要相當長的時間。」

我靜靜地盯着茶几上看，大約過了半小時，我等得有點不耐煩，但又不敢隨便打斷齊白的思緒，怕中斷再來的話，可能要等得更久。於是我只能心裏叫苦：寶貝，拜託你，如果你真會發光，那就快一點發出光芒來吧！

這樣想了一會，大概十多分鐘，我突然看到，茶几上有一小團**暗紅色**的 ✦**光芒**✦ 透出來，正是那塊合金在發光！

光十分微弱，就像一塊從 **爐火** 中拿出來燒紅了的鐵，冷卻到最後的那種**暗紅色**。

齊白「啊」的一聲說：「這次快多了，上次我花了五小時，而且也沒有這麼亮。」

我立刻 *睥睨* 👁 着他，原來這傢伙打算讓我呆等五小時的！

就在這時候，大門打開，白素走了進來，「你們在玩什麼遊戲？」

我忽然想到一個念頭，連忙道：「把門關上，快過來。」

我簡潔地交代了正在做什麼，叫白素也加入，此時那合金的光芒已在迅速減退，但我們三個人一起 **集中精神** 去想它發光之後，不到半小時，它又現出暗紅色的光，而且 ✦**亮度**✦ 一點一點地增加，比剛才只有我和齊白兩人的時候更亮。

我驚喜道：**「天！它真的能接收人的思想！」**

齊白卻在驚喜中帶點失落，「原來它能聽任何人的話，不單是我的。」

由於我們分了心，那合金的光芒在消散，白素站起來，開了燈，然後説出她的想法：「它像一個**表演者**，觀眾愈多，掌聲愈熱烈，它的力量也發揮得愈強。」

我們三人同時想到了一個問題，幾乎齊聲道：「那麼要是有幾百人、幾千人，甚至——」

我立刻猜想説：「如果一個城市有一百萬居民，到了晚上，人人都想要它發光，它發出來的*光芒*，説不定能*照耀*整個城市。」

齊白的觀點更獨到：「而且十分民主，想它發光的人愈多，它就愈光亮，比任何**投票表決**都公正。」

白素也 **躍躍欲試**

起來，「我們要不要試試它還有什麼功能？」

於是我們又集中精神去想，嘗試要它講話、發出聲音、產生氣味，甚至拿它來 占卜 等等，一直測試到翌日天亮，除了控制磁力和發光之外，其他功能沒有一項成功。

我們都長嘆了一口氣，齊白不忿道：「這東西一定還有什麼特別的功能，只是我們還未發現！」

白素也贊成他的想法，「對。它能夠接收人的思想，而且解讀到思想中的含意，還能作出反應，如此 **精妙** 的東西，一定有極其重要的用途，絕不會只是一塊 磁鐵 或一個

 燈 泡 這麼簡單。」

我嘆氣道：「或許卓絲卡娃說得對，單憑我們幾個人的力量去研究這東西，難有什麼成果。」

但齊白態度很堅決，「我絕不會交給他們研究，我信不過他們**！**」

我立刻**揶揄**他：「那麼當初你又帶你的異寶去求他們檢驗？」

「當時他們只當是一塊普通礦石，沒顯露出如今這副**狼子野心**，你看到他們現在對我這異寶**虎視眈眈**的樣子嗎？」齊白把那塊合金握在手裏，也怕我們搶去一樣。

我不禁笑道：「連我們也信不過嗎？」

「如果信不過你，我會把這異寶的事第一個告訴你，還住在你這兒嗎？」齊白嘆了一口氣，「我倒希望能有多幾個像你這樣可信任的人，一起來研究。」

聽了他這句話，我 **靈光一閃** 說：「我有一個朋友，非常適合加入這個研究。」

我還未把那個朋友的名字說出來，齊白已立時猜到了：「是不是 **陳長青**？」

第八章

百人測試

　　陳長青是我的好朋友，他不但學識豐富，而且想像力更豐富，能接受一切不可理解的**怪事**；齊白一定也聽聞過他的事迹，所以一猜就猜到他。關於陳長青的事迹，將來有機會在其他故事裏再詳述。

　　取得了齊白的同意，我就打電話給陳長青，陳長青一聽到有奇妙的、來自外星的東西可以研究，自然興奮地一口答應：**「立刻來！」**

　　可是我真不知道他是用什麼方法，可以在那麼短的時間就趕到，白素給他開門，他一面喘着氣，一面走了進來，嚷

叫着:「有什麼來自**外星 ⬤** 的異寶?」

他看到了齊白,就伸手去自我介紹。陳長青這個人就是有這個好處,簡直是熱情洋溢,無法抵禦,他說了好幾遍「**久仰大名**」,又問:「異寶在什麼古墓中發現的?」

齊白看來也十分喜歡陳長青,坦然告訴他:「**秦始皇陵墓**。」

陳長青先是呆了一呆,想不到竟來自一座那麼著名的古墓,隨即興致更高,追問道:「你是怎麼進去的?」

齊白搖搖頭,陳長青神情有點疑惑,這時我已把那塊合金放在他的手中,「你先看看這東西的外形,我們再詳細對你說。」

陳長青把那合金**翻來覆去**看了很久,神情愈來愈疑惑。齊白把事情經過,從頭到尾講述一遍,只見陳長青愈聽愈興奮,聽到後來簡直是手舞足蹈,**欣喜若狂**。

我趁這個時候整理思緒，從已發生的事情來看，可以歸納成以下幾點：

一、這塊合金來自地球之外，而且是十分高明的人工製品。

二、這東西有多種奇特的功能。

三、它能感應人腦活動，從而發揮它的各種功能。

四、這東西在地球上已經很久，因為它是在秦始皇陵墓中找出來的。

此時齊白也敘述完了，陳長青興奮得滿臉通紅，大聲道：「**這真是異寶！**」

齊白點點頭，「這一點**毫無疑問**，問題是它的功能是什麼？」

「它會發光，會感應人的思想而發光，這還不夠？」陳長青激動地說：「到目前為止，人類用腦電波控制機械，仍

在起步階段，需要在人腦植入晶片，或者戴上奇醜無比的腦波儀來接收腦電波，更要連接複雜而笨重的機器去分析和反應。但這異寶卻不同，它只是一枚栗子的大小，而且還完全不用給它供電就做到了！」

陳長青的話提醒了我，我猜想道：「發強弱不同的光或者磁力，理論上可以控制任何機器裝置，小到控制一輛車，大到控制一艘太空船、整座工廠，就像我們使用紅外線遙控、聲波遙控一樣，這可能是一具腦電波遙控器！」

陳長青和齊白聽得「啊啊」連聲，點頭不已。

但我馬上又糾正自己的想法：「不對！既然科學先進到那個地步，又何需要用遙控器？直接以腦電波操控所有機器就可以了。」

白素立即接上說：「所以它是機器的一部分，是負責接

收腦電波的組件。」

而我的假設更大膽：「甚至乎——它本身就是一具**機器**！」

大家都很興奮，陳長青說：「那麼它到底是什麼機器？有什麼功能？」

「說不定還可以幫助我盜墓啊！」齊白**欣喜若狂**。

白素分析道：「如果它真是外星產物，**外星人**的腦能量，一定與地球人不同，可能強烈得多，所以我們無法完全發揮它的功能，就好像**電壓**不足那樣。」

陳長青馬上說：「那麼我們多找一些人來，一起集中精神試一試！」

「**多到什麼程度？**」齊白問。

陳長青手筆很大：「一千人夠不夠？就算外星人有多厲害，也不至於比我們強一千倍吧？我可以出錢僱用一千人來

做個實驗！」

　　白素比較謹慎，連忙提醒道：「我們還不知道那東西接收了強烈腦電波後會發生什麼變化，太多人會有**危險**，我主張先從**一百個人**開始。」

　　我們討論後都同意白素的建議，陳長青説做就做，第二天立刻登廣告，招請九十五人參加腦電波實驗，聲明絕不損害身體，只需**靜坐冥想**，就可得到豐厚報酬。

　　為什麼是九十五人呢？陳長青笑着解釋：「我們四個，再加**溫寶裕**，剛好夠一百人了。」

　　溫寶裕也是我的好朋友，年紀很輕，思維跳躍，想法大膽，與陳長青交情甚好，可謂**臭味相投**。

　　沒有人反對陳長青的提議，廣告一登，應徵者過千，陳長青花了兩天時間去甄選。

　　在這兩天裏，我們幾人移師到陳長青家中，借助他府上

的各種裝置和儀器，再一次檢測那異寶，測出主要成分確實是鐵、鈷和鎳。

我們又利用 **X光儀** 拍攝，得到重大的發現：那東西一共有七十二個形狀不同的平面，而在每一個平面底下，都有一個大小如同黃豆般的 **圓 形 物 體**，卻無法知道那是什麼。

一共是七十二個圓粒，而每一個圓粒之間，又有極細的線聯繫着，結構之複雜，遠遠超出我們想像。

我刻意逗齊白說：「我們把它切開來看看，就一清二楚了！」

這好像我要切他的肉一樣，齊白急忙取回異寶破口大罵：「我要把你腦袋切開來，看看是什麼構造，居然會想到去破壞這樣一件 **奇珍異寶**！」

看到他那副緊張的模樣，我們都忍不住大笑起來。

　　陳長青選好參加者後，租了一家大型酒店的 **會議廳**，那九十五人面對我們而坐，我們當然不會向他們說明 **來龍去脈**，可是要他們憑空去思想，恐怕也有點困難，一來沒有明確的目標物，二來也難保他們只是呆坐發 **白日夢**，沒有認真去思想。

所以我們弄了一個 **機械人 玩具**，那塊合金就放在機械人的頭部內，別人只看到機械人，而看不到機械人頭殼裏的異寶。我對參加者說：「各位，這是一項試驗，嘗試用腦電波來操作玩具機械人，所以請大家集中精神，首先用你們的思想，去叫它發出光亮來**！**」

這樣就簡單明確得多了，而且也提起了所有參加者的興趣，他們所有人都盯着桌上的機械人，用心地思想着，嘗試向它傳送信息。

我、白素、陳長青、齊白和溫寶裕五個人則坐在桌子後面，同樣 **盯着** 機械人，而機械人的背部是全透明的，所以我們能清楚看到那塊合金在裏面的情形。

我們把場內的燈光盡量調暗，會議廳一下子又暗又靜，大家都專注地思想着。真是難以令人相信，不到五分鐘，那塊合金便開始發出光芒，開始是**暗紅色**的，接着光芒愈來

愈強烈。而在其他參加者的眼中，則看到機械人雙眼漸漸透出了光芒。

二十分鐘之後，光芒已經強烈到接近一個六十隻光的的程度。

我心跳得十分劇烈，白素伸手過來，和我緊握着手，可是光芒卻沒有再繼續加強下去，在四十分鐘之後，我宣布：「好了，第一項試驗結束。」

講完這句話之後的一分鐘，那塊合金的光芒便迅速消失了。

我們五個人心裏既興奮又緊張，齊白大聲說：「請各位再集中力量去想，叫它發出聲音，跟我們對話。」

第九章

震撼的觸碰

會議廳內又是一陣寂靜，大家 **全神貫注** 地想着要令機械人發出聲響，我們五個人能從機械人透明的背部看到那塊合金的反應。但三十分鐘過去，它的反應就是沒有任何反應。我們離它很近，如果有聲響發出的話，我們一定聽得到，況且我們在機械人體內安裝了 測音分貝儀 。

發聲不成功，接着齊白又提出了幾個 *測試*，包括令機械人移動、旋轉，甚至變大縮小等等，每次歷時半小時之久，我們五人都清楚看到機械人體內的那塊合金毫無動靜，

並沒有移動、旋轉或變大縮小。

我們低聲商議了幾句，由陳長青宣布：「這次試驗的成績已經很不錯了，或許我們需要更強的腦電波，才可以令它執行其他指令。所以請各位兩日後，每人多帶四個人來，酬勞加倍。」

參加者在一片歡呼聲中陸續散去，我們五個人仍然留下來。

白素首先説：「過兩天集合五百人的力量，不知道它會發出多強的光來？」

溫寶裕卻認真地計算着：「不夠五百人，他們九十五人，各多帶四人來，再加上我們五人，只有四百八十人，除非我們也各多找四個人來。」

陳長青不耐煩地説：「四百八十也好，五百也好，都比今天多幾倍了，發出來的光一定強得多。」

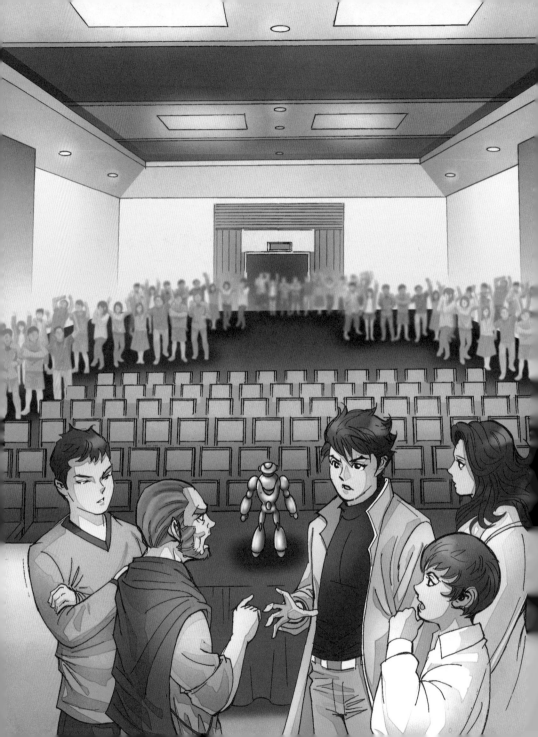

齊白卻嘆一口氣，「它發出的**光** 再強，也沒有作用，重要的是要知道它到底是什麼裝置，有什麼功能。」

我想了想說：「或許白素的假設才對，它只是某機器的一個 **組件**，負責接收腦電波。」

陳長青靈光一閃道：「如果有什麼機器的話，一定也在秦始皇陵墓之中。」

齊白也直跳起來，**「那個墓室！**我拍的影片裏，那個墓室的四面，看起來有許多架子，但看不清楚是什麼，會不會就是這異寶所屬的機器？」

那段影片我們全看過，有點模糊，甚至那是不是架子，也看不清楚。

齊白點着頭，堅決地 **自言** 自語：「看來，還是要再去一趟秦始皇陵墓。」

陳長青忙問：「齊白，你用那個什麼方法，打洞打了多

深，才到達那個墓室？」

「是『**探驪得珠法**』。打了超過**三十公尺**。」
齊白說。

我們都知道陳長青這樣問是什麼意思，就算這三十公尺
全是土層，要打一個小孔還可以，但要把整個土層移去，而
又不讓人發現的話，根本毫無可能。

所以，就算再到秦始皇陵去，也只能仍然採用「探驪得
珠法」，但這方法不能取出大型物件。

齊白嘆了一口氣，「如果集合五百人也解不開這個謎，
我總要再去一次的。」

陳長青同意：「對！而且要帶最好的**裝備**去，我可以
去訂做特製的工具，至少要把那墓室內的情形，清清楚楚地
拍出來！」

陳長青有花不完的 $**遺產**，而齊白靠他盜墓的本領，

正如他所說，瑞士銀行存款的數目，說出來會嚇人一跳。有錢好辦事，裝備方面絕對不用擔心。

我們離開會議廳，回到了陳長青的住所，開始討論**五百人大會**的事。最年輕的溫寶裕提出了一個新鮮的問題：「當它發光的時候，用手去碰碰它，不知是什麼感覺？」

這個問題我們居然沒有想過，由於它一開始發光時，像金屬受熱那種**暗紅色**，所以直覺上使人覺得一定是**灼熱**的，自然不會冒着被灼傷的危險去碰它。

但我們好奇心大發，決定立刻就試一試！

於是我們集中精神去想，而那塊合金亦漸漸發出光芒，我們**急不及待**同時伸出**手指**，去觸碰那塊合金。

手指碰上去後，一點灼熱的感覺也沒有，我只感到整個人突然有一股很大的**震撼**，眼前一陣發花，在極短

的一剎那間，好像有許多交錯的光線在閃動，情形有如久蹲地上，驟然站起時那一陣眼花。

我第一個反應就是立刻縮回手來，那是前後不足半秒的事，心中仍然有一點殘餘的震撼，但眼花的感覺已立即消失，我可以看到眼前的情景。

我所看到的是，每一個人都有一種**難以形容**的神情，估計我的神情也是一樣。而且他們的手指，也全都離開了那塊合金。

陳長青首先叫了起來：「天，這是怎麼一回事，手指一碰上去……這是什麼感覺？」

我們迅速交換了一下剛才的感覺，全是一樣，一陣莫名的震撼，同時有一陣**眼花**的現象。這時，那塊合金早已恢復了原狀，我定了定神說：**「要不要再試一次？」**

各人都點頭同意，於是我們再試一次，由於這次已經有

了準備，所以各人都可以忍受手指一碰上去時那種 ，而眼前發花的情形持續了兩秒，那塊合金便因為我們無法再集中精神而回復原狀，那種感覺自然也消失了。

在那兩秒鐘，我並沒有閉上眼睛，可是看出來的情形，就像雙眼面對着強烈的光芒後閉上眼睛一樣，有許多顏色的 、、線 在交織着，看來雜亂無比。

再次交換了各人的感受之後，我説：「這東西不但能接收 **人腦** **活動** 所產生的能量，而且也會影響人腦的活動，使我們看到了並不存在的光影。」

陳長青深深吸了一口氣：「天，它想和我們溝通，想我們看到些什麼，可惜我們看不懂。」

齊白喃喃地道：「我早就説過，它是活的，它是活的！」

「再來，再來，一定要看清它是什麼！」陳長青也興奮得 **滿面通紅**。

但溫寶裕説：「不必再試了，我們五個人力量不夠，所以影像不穩定。」

陳長青急得 **搔耳撓腮**，唉聲嘆氣：「真是，剛才一百人集中精神使它變得那麼亮時，就沒想到去碰它一下！」

白素安慰他：「不用急，我們很快就有一個五百人的集會了。」

陳長青仍不甘心，「不行！我們再試試！」

終於，我們又試了幾次，每次那 **光影** 都只維持兩秒鐘左右，我竭力想在那些雜亂無章、閃爍不定的光影中，捕捉一些具體的形象，可是不成功。

連續試了幾次沒有結果，我們只好放棄，決定等到五百人集會時再試試看。

這重要的新發現，已令我們 **興奮無比** 了，對集會充滿期待。

我們本來還想再商量一會，可是溫寶裕家裏派來的車子等在門外，要接溫寶裕回去。我和白素也告辭回家，我估計齊白和陳長青兩個人一定不肯睡，還會再研究下去。

　　我和白素駕車回家，才回到門口，就看到有三個人站着，兩男一女，那位女士，正是俄羅斯科學院的高級院士，卓絲卡娃。

第十章

✦ 人體異能 ✦

我和白素一下車，卓絲卡娃就迎了上來：「先生，請給我一點時間。」

我向白素提及過卓絲卡娃的事，白素一看就知道是她了，對我說：「她是 ✦權威✦ ，聽聽她的意見也不壞。」

我嘆了一聲，「請進來吧。」

她跟我們進屋，已 **迫不及待** 說：「你可知道，如今世界上研究 ✦人體異能✦ ，譬如說用 **念力** 使物體移動，最有成就的國家是哪一個？」

　　我請她坐下，然後說：「當然是貴國，聽說有一個女

人，可以用念力令湯匙彎曲？」

　　卓絲卡娃點頭道：「是，而這項研究，正是我主持的多

項研究之一，我是這方面的專家。」

白素好奇地問：「真的有這種力量？太 **不可思議** 了。」

卓絲卡娃解釋道：「研究還未有結論，但我們假設，腦電波能令金屬的 **分子排列** 起變化，如果變化劇烈，大量分子移向一邊，另一邊自然質量減少，細長的金屬體就會出現彎曲現象。在試驗中，同一個人，也可以使一塊磁鐵的磁力減弱或者加強。」

我心中一動，卻裝作 **若無其事**。怎料她接着又説：「甚至，還可以使一些物體發光。」

她講到這裏，我也不能再假裝聽不懂她在暗示什麼了，我冷冷地説：「院士閣下，我尊敬你是一位傑出的科學家，但如果以 **特務手段** 暗中

窺伺我們的行動，我只好立刻請你離開。」

卓絲卡娃哼了一聲：「你們進行的事，又不是什麼秘密，參加者之中，就有兩個曾是我的學生。」

我呆了一呆，心裏不禁責怪陳長青挑選參加者時把關不力。

「那東西，憑你們這種盲目的行動，絕對研究不出什麼結果，所以應該交給我來研究。」卓絲卡娃終於説出她的目的。

我當然拒絕，她立即着急起來，「我要怎樣説，你們才明白？要研究那麼複雜的東西，不是幾個人有決心就可以達到目的，所需要的先進設備，絕不是個人力量能辦得到的。

為了**人類科學**的前途，你們應該把那東西交給我。」

我不禁笑了起來，「如果為了人類科學的前途着想，我們會考慮把它公開，請各國科學家一起來研究，而不會把它交到一個**國家**的手中。」

卓絲卡娃**面色鐵青**，「你這是看不起我們嗎？」

「不是看不起，而是不信任。」我坦白地說。

　　卓絲卡娃十分憤怒，白素立刻嘗試緩和氣氛：「反正我們也沒資格決定，那是齊白的東西，對不對？」

　　「不對！那東西是屬於全世界的！」卓絲卡娃怒吼一聲，轉頭就走，重重把門關上。

　　我立即打電話給齊白，把情形告訴了他們：「**巧取不成，必有豪奪，要小心。**」

但齊白悶哼了一聲，「一個盜墓高手，自然也是藏東西的高手，你認為她這麼容易從我手中奪走東西嗎？」

他充滿自信，我卻不免有點擔心。可是第二天，什麼事也沒有發生；第三天，就是**五百人大集會**了。

明知道這五百人之中，可能有卓絲卡娃的人在，但我們難以一一甄別，決定照常進行，現場加強防範便是。

近五百人的集會，場面自然比一百人壯觀。由於我們五人將會觸碰那塊合金，為了保密，這次我們圍起了**屏風**，不讓參加者看到我們在做什麼，同時亦有助加強**保安**。

有過上次的經驗，我們相信參加者即使看不見那機械人，也能集中精神，保持積極主動，並會指導自己帶來的朋友該怎麼做。

所有人坐好後，由我來宣布參加者應該做些什麼，並假

稱想測試隔着屏風是否仍能令機械人雙眼發光。

我們五個人自然躲在屏風後面，將那 **合金** 從機械人頭部取出來，放在我們面前。

人雖多，可是人人集中精神，整個大廳也十分寂靜。

不到五分鐘，那塊合金就開始發光了，亮度迅速增強，而且每一個小平面上，似乎都有 **光線** 射出來。

那塊合金的光亮度增強到有如一百隻光的電燈泡時，便再沒有進展，而我們五人覺得時機已到，交換了一個眼色，便一起伸出手指去觸碰它。

可是，我們的
手指還未碰到那塊
合金，便突然傳來
「＼轟／」的一下
巨響。

我們立時縮回手來，只聽到在場數百人在驚呼，然後一大蓬**濃煙**正在迅速四處蔓延。

我一看到濃煙，便知道是怎麼一回事了。

卓絲卡娃自然知道我們這次大集會，所以在場內預先裝置了 **煙幕彈** ，用遙控裝置來引爆，製造混亂，而目的當然是想搶奪這 **異寶** 。

就在濃煙湧入屏風內的剎那間，我看到了難以形容的情景，當時濃煙一罩下來，異寶所發出的光芒雖然迅速減弱，但還未完全熄滅之前，每一個小平面上隱隱射出的 **光柱**，

投射在濃煙之中，竟現出了一個 **影像** 來。

不過由於時間太短，我無法確定那是什麼影像。而濃煙

之中顯然混雜着 催淚 氣 體，我的眼睛已感到刺痛，
淚水湧出，視線模糊。我立時屏住了呼吸，這時，廳堂之中
已亂成一片，嗆咳聲不絕。

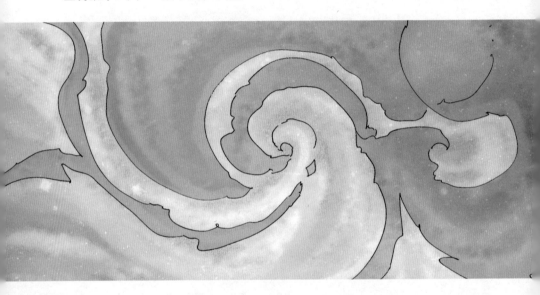

　　我忍着雙眼的疼痛，望向異寶，此時我已經看不清周圍
環境，只能根據方位迅速伸手出去，可是我碰到的不是那塊
合金，而是另一個人的手背。

我無法判斷那隻手**是敵是友**，但以防萬一，我還是抬起了兩根手指，然後向那人的手背疾扣下去。

中國武術的精要，是攻擊人體各部位中最不堪攻擊之處，每個人的**手背**中間，都有一條**筋**，這條筋如果受到了重擊，就會無力握住任何東西。

這一擊顯然收效，我感到那隻手迅速縮回去，同時聽到「\啪//」的一聲，證明那隻手本來已經把那塊合金抓在手中，在我一擊之下，手指鬆開，那塊合金又落到了桌面上。

我一聽到了聲響，手立時向下一按，希望按住桌上的異寶。可是中途有什麼東西攔住了我的手，還使我渾身像被 **電擊** 一樣，突然麻了一下。我馬上知道，那是 **電槍**！

我連忙縮開了手，再從另一角度伸手摸向桌面時，發現那塊合金已經不在了。

案件調查輔助檔案

開門見山

他終於**開門見山**説：「你不是去過秦始皇的陵墓嗎？」

意思：比喻説話或寫文章直截了當，一開始就進入正題。

鬼斧神工

齊白想了一想，大力搖着頭説：「不對。其他陵墓都難不倒我，偏偏這一個——真是**鬼斧神工**！衛斯理，這座陵墓，不是地球人建造的，策劃整個工程的，一定是外星人，一定是！」

意思：藝術技藝高超，不像是人力所能達到的程度。

引經據典

但他立即**引經據典**説：「晉朝干寶所作的《搜神記》，卷六就有一則記載着——」

意思：引用經典書籍作為説話論證的依據。

一無所獲

齊白相當興奮，「對啊，不瞞你説，那一年功夫，我也不是**一無所獲**的。」

意思：沒有任何收穫。

衛斯理系列 少年版 13

異寶 上

作　　　者：衛斯理（倪匡）

文 字 整 理：耿啟文

繪　　　畫：鄺志德

助理出版經理：周詩韵

責 任 編 輯：陳珈悠　彭月

封 面 及 美 術 設 計：BeHi The Scene

出　　　版：明窗出版社

發　　　行：明報出版社有限公司

　　　　　　香港柴灣嘉業街 18 號

　　　　　　明報工業中心 A 座 15 樓

電　　　話：2595 3215

傳　　　真：2898 2646

網　　　址：http://books.mingpao.com/

電 子 郵 箱：mpp@mingpao.com

版　　　次：二〇二〇年七月初版

　　　　　　二〇二二年七月第二版

Ｉ Ｓ Ｂ Ｎ：978-988-8526-79-6

承　　　印：美雅印刷製本有限公司